Histoire

de l'esquinancie

gangréneuse.

HISTOIRE

DE L'ESQUINANCIE

GANGRÉNEUSE

PÉTÉCHIALE,

Qui a régné dans le village de Moivron, au mois de Novembre 1777.

Par M. READ, Docteur en Médecine, ci-devant Médecin des Armées, Médecin de l'Hôpital militaire, des Prisons royales, du dépôt de Mendicité, & Stipendié de la Ville de Metz, Inspecteur des Eaux minérales de la Province des Trois-Evéchés, Membre titulaire de la Société royale des Sciences & Arts de Metz, & de la Société royale de Médecine de Paris.

On y a joint un Essai sur les affections vaporeuses, & un Mémoire sur les Bronchoceles endémiques du Pays-messin, du même Auteur.

A METZ,

Chez JEAN-BAPTISTE COLLIGNON,
Imprimeur-Libraire, à la Bible d'or.

M. DCC. LXXVII.

AVEC APPROBATION.

AVANT-PROPOS.

QUELQUES droits qu'ait en général à notre fenfibilité l'homme
fouffrant, il femble que ce don confo-
lateur, cette vie de l'ame, que notre
dépravation va bientôt ériger en vertu,
fe développe avec plus d'énergie fur les
victimes des maladies épidémiques,
que fur les individus attaqués des maladies ordinaires & ifolées. Si l'on me
demande la raifon de cette différence,
je répondrai que la perfection & la durée
de notre exiftence étant limitée par la
conftitution de nos organes, il eft naturel que nous nous affections moins
des défordres de la fanté, de la deftruc-
tion même de nos femblables, lorfque
ces maux font les effets néceffaires d'une
loi connue, que lorfqu'ils ont pour principe une caufe dont on ne peut prévoir
l'action. Il exifte une autre raifon de
cette différence, dans les nuances d'attendriffement qu'excitent en nous les
malheureux, nuances toujours propor-

tionnées au dégré d'influence que nous leur attribuons fur leurs propres difgraces. La confidération des abus, des excès qui ne font que trop fréquemment les caufes de nos maladies, fait fouvent une diverfion défavantageufe à l'intérêt que doit nous infpirer l'humanité fouffrante ; mais cette raifon cruelle qui nous fait méconnoître l'homme dans le moment où le fentiment de notre propre imperfection nous en rapproche le plus, cette raifon, dis-je, ne peut affoiblir la fenfation qu'a droit d'exciter en nous la vue des victimes des maladies épidémiques. En effet, quel cœur affez barbare fe fermeroit à l'attendriffement, en voyant une multitude d'individus attaqués à la fois de traits qu'ils ne peuvent parer ; & contre lefquels, la vertu, la fobriété & la force, font de foibles & d'inutiles Egides! quel tableau que ces deftructions accumulées, ces morts qu'il femble que la nature préfente de temps en temps en grandes maffes à l'univers, pour frapper plus fenfiblement les hommes de la néceffité de subir la loi commune à tous les êtres animés!

Il étoit réservé au village de Moivron, d'offrir un spectacle qui ajoutât encore un sentiment à l'effroi qu'inspirent ces phénomenes destructeurs. Une race d'hommes utiles menacée d'extinction totale, une génération frappée dans les êtres qui fondoient l'espérance de sa reproduction, des travaux indispensables abandonnés, l'interruption d'un commerce nécessaire, le défaut de débit des fruits d'une culture pénible, * tel est le point de vue sous lequel s'est présentée l'Esquinancie gangréneuse pétéchiale, qui a attaqué les habitans du

* Indépendamment de l'impossibilité où ont été réduits les habitans de Moivron, de vaquer aux travaux de la vigne, pour s'occuper du soin des malades, la crainte de la contagion a éloigné les Marchands, qui, à l'époque de la maladie épidémique, venoient faire l'emplette de leurs vins. La même raison faisoit rejetter avec effroi toutes les denrées qu'ils portoient dans les Villes voisines, lors même que le fléau de l'épidémie eut cessé ses progrès.

village de Moivron : la beauté de l'efpéce des habitans de ce village & leur
goût naturel pour le fervice militaire,
a dû augmenter l'attendriffement qu'ex-
citoit leur défaftre, & en rendre les
fuites plus intéreffantes à l'Etat. De
quatre-vingt-douze chefs de famille qui
compofent ce village, cinquante - un
ont porté les armes, plufieurs jeunes
gens fervent actuellement ; on retrouve
chez les jeunes Moivronnoifes l'idée que
l'on s'eft formée de ces bergeres que
l'on regrette de ne rencontrer que dans
les ouvrages des Poëtes, les Peintres
trouveroient dans les enfans de Moivron,
des modéles charmans de ces *genies*
dont ils ornent les tableaux relatifs à la
religion & à la fable.

Envoyé à Moivron par ordre de M.
de Calonne, Intendant de la Province
des Trois - Evêchés, j'en ai trouvé les
habitans dans la plus grande confter-
nation ; les uns pleuroient la perte d'un
ou de plufieurs enfans chéris ; les autres
trembloient pour les jours de ceux qui
avoient réfifté jufques-là ; tous crai-

gnoient de voir s'accumuler le nombre des victimes, & de perdre à la fois le soulagement à leurs peines, le soutien de leur vieillesse.

J'ai eu le plaisir, bien doux pour une ame sensible, de voir l'épidémie cesser de faire des progrès dès le lendemain de mon arrivée. La maladie avoit enlevé plusieurs enfans & adolescens avant cette époque; deux enfans, déjà attaqués de la gangréne, moururent seuls depuis ce moment. Ceux qui étoient dans l'état de la maladie, de même que ceux qui en furent attaqués pendant mon séjour à Moivron, ont trouvé leur salut dans la méthode prophylactique & curative que j'ai employée. J'ai observé pour la premiere fois, dans cette épidémie, les paysans dociles aux avis que dictoit leur intérêt. Je n'ai trouvé aucune contradiction dans l'emploi des remédes *héroïques*, tels que les vessicatoires, les vomitifs, &c. la diéte, la proscription des remédes incendiaires, la séparation des linges des malades, l'usage des parfums & du vinaigre ont été observés religieusement.

Je ne puis m'empêcher de payer ici

le tribut d'éloges que je dois à M. Alexandre Lucas, Curé de Moivron, qui des revenus *médiocres* de sa Cure, a fourni tous les secours médicamenteux & alimentaires, jusqu'au moment où la bienfaisance de M. de Calonne est venu à son secours ; à Mademoiselle sa sœur qui a mis dans la préparation & la distribution des moyens de soulagement des malheureux, cette activité, cette intelligence, cette douceur qui décorent la bienfaisance, & dont son sexe nous fournit tant d'exemples; au R.P. Placide de Saint - Henry, Carme Déchaussé du Couvent de Pont-à-Mousson, à qui le zéle a rendu familieres les fonctions les plus rebutantes, les plus étrangeres à son état, & qui conjointement avec Frere Christophe, Cordelier du Couvent de Nancy, m'a aidé dans la préparation des moyens chirurgicaux & pharmaceutiques, à M. Perrot, enfin, Chirurgien à Nomeny, qui secondé de son fils, a concouru efficacement par ses soins actifs à l'extinction de la maladie épidémique qui dévastoit le village de Moivron.

HISTOIRE
DE L'ESQUINANCIE
GANGRÉNEUSE
PÉTÉCHIALE,

*Qui a régné dans le village de Moivron,
au mois de Novembre 1777.*

MOIVRON, village de la Province des Trois-Evêchés, dépendant de la Subdélégation de Vic, est éloigné de Metz de huit lieues N. de Nancy, de trois lieues S. S. E. de Pont-à-Mousson, de quatre lieues N. E. de Nomeny, de deux lieues N N E. Ce village est situé dans un vallon formé par des côteaux placés au couchant, au midi & au nord. Il est pleinement à découvert du côté du levant. Les plus élevés

des côteaux qui le dominent font ceux
du couchant. Ils font plantés de vignes
qui fourniffent des vins d'une qualité
fupérieure à ceux des vignobles voifins.

L'expofition de ce village aux influences du vent d'Eft, le défaut d'action des
autres vents, action fi néceffaire pour
la diffipation des miafmes putrides
qu'exalent les eaux ftagnantes, & les
parties des animaux & des végétaux
renfermées dans le fein de la terre,
paroiffent d'abord établir un préjugé
défavantageux contre la falubrité de l'air
de Moivron. Les habitans de ce village
portent cependant en général les mar-
ques de la fanté la plus brillante. Les
jeunes gens des deux fexes font rede-
vables à l'efpéce d'encaiffement que leur
forment les côteaux voifins, d'une blan-
cheur & d'une délicateffe de la peau
que l'on ne rencontre point dans les
campagnes; la beauté des enfans, leur
embonpoint, militent favorablement
pour la perfection de leur organifation.
Hippocrate, à qui l'expérience rend tous
les jours l'hommage qu'il lui voua dans

ſes immortels ouvrages, a décrit en ces termes les avantages des habitations expoſées au ſoleil levant. *Quæcumque quidem (civitates) ad orientem ſolem ſitæ ſunt, eas æquum eſt ſalubriores eſſe iis, quæ ad ſeptentrionem converſæ ſunt, & iis, quæ ad calidos ventos obverſæ ſunt, etiamſi ſtadium ſolum interſit. Primùm enim moderatiùs ſe habent calor & frigus, deinde aquas, quæ ad ſolis ortum ſunt, omnes limpidas eſſe neceſſe eſt, & odoratas, & molles, & amabiles in hac urbe ſuboriri. Sol enim exurgens, & illuſtrans eas caſtigat; matutinum enim tempus ubique occupat ipſe aer ut plurimùm. Et hominum formæ bene coloratæ ſunt, & floridæ magis, quam aliæ, niſi quis morbus prohibeat...... & civitas quæ hoc modo ſita eſt, veri maximé ſimilis eſt, quod ad caloris frigoriſque temperationem, & morbi quidem pauciores, & mitiores generantur (a).* Ce qui conſtate encore plus évidemment l'exactitude de

(a) *De aere & aquis, locis, cap. 2.*

l'affertion du divin Vieillard dans tous les points du paffage que je viens de pré-fenter, c'eft que de mémoire d'homme on n'a vu dans Moivron d'épidémie deftructive. Des circonftances particu-lieres, une conftitution propre à l'année 1777, ont pu feules développer le prin-cipe deftructeur de l'épidémie effrayante qui a affligé le village de Moivron.

Cette maladie fe manifefta vers le commencement du mois de Novem-bre. Plufieurs enfans & adolefcens fe trouverent pris à la fois d'une douleur aigue aux parties externes & internes de la gorge. Ils rapportoient prefque tous cette douleur au cartilage thyroïde extérieurement, & intérieurement à la bafe de la langue. Bientôt les amigda-les s'enflammoient, fe tumefioient, le cou s'enfloit, la langue s'épaiffiffoit, & fe couvroit d'aphtes; la refpiration étoit gênée, la déglutition difficile. Tels étoient les fymptomes relatifs aux par-ties effentiellement engorgées.

Une fiévre précédée de friffons & caractérifée dans le moment de l'invasion par un pouls grand, dur & vif, & qui perdoit ce premier caractere le troisiéme & le quatriéme jour, une douleur gravative à la partie antérieure de la tête, un assoupissement continuel, un délire obscur, accompagnoient dès leur principe les symptomes d'engorgement ; le visage étoit enflammé, les yeux étoient ardens, saillans, humectés de larmes, la chaleur de la peau étoit âcre. Ces phénomenes étoient les effets nécessaires de la cause irritante méchanique, de l'engorgement des amigdales & des parties voisines.

Le principe putride s'annonçoit bientôt par les nausées, la fœtidité de l'haleine, la saburre de la langue, les excrémens verdâtres d'une odeur insupportable, & toujours mêlés de vers ; les malades en rendoient aussi par la bouche. Les urines étoient rouges & enflammées dès le commencement de la maladie, elles devenoient blanchâtres & fort troubles vers le quatriéme jour, & se maintenoient dans cet état jusqu'à ce que la rémission des symptomes permît l'usage des évacuans.

Les malades chez qui l'inflammation des amigdales fe termina par réfolution fpontanée, c'eft-à-dire, indépendante de l'action des véficatoires, eurent pendant dix, douze & quinze jours un écoulement d'une matiere fanieufe & ichoreufe par le nez, les oreilles & les yeux, l'âcreté de cette matiere excorioit les parties voifines. L'abondante évacuation que procuroient les véficatoires à chaque panfement, fuppléoit avantageufement à cet écoulement incommode. Un feul malade à qui ce fecours avoit été adminiftré tard, réunit l'écoulement du nez, des oreilles & des yeux, avec celui qu'occafionnoit l'action des cantharides.

La puanteur de ces écoulemens étoit telle, que les malades ne pouvoient la fupporter lorfqu'elle leur étoit propre, encore moins lorfqu'elle provenoit des malades placés dans leur lit, même dans leur chambre.

La concentration du pouls, l'abattement des forces, la noirceur des dents & des lévres, determinoient évidemment le caractere de malignité.

Une éruption pétéchiale qui paroiſ-ſoit le ſecond, le troiſiéme, & ſouvent le quatriéme jour, & qui occupoit la poitrine, les bras & le viſage, quelque-fois toute l'habitude du corps; des ta-ches livides, des phlictenes gangréneu-ſes aux cuiſſes annonçoient enfin le ſu-prême dégré d'activité de la cauſe mor-bifique, la peſtilence. Ce caractere étoit pleinement confirmé par la promp-te lividité, & l'infection précipitée des cadavres que l'on étoit obligé d'inhumer peu d'heures après la mort.

Les taches pétéchiales qui paroiſ-ſoient dans cette maladie, plutôt qu'on ne les voit ordinairement dans les fié-vres de ce genre, ne changeoient rien au caractere & à la marche des ſymp-tomes eſſentiels. Elles diſparoiſſoient chez quelques-uns le même jour qu'elles avoient paru; d'autres les conſervoient deux & trois jours; ceux chez qui elles duroient quatre & cinq jours, les per-doient par une effloreſcence farineuſe qui tomboit quelques jours après en deſquammation furfuracée, les ſueurs feules, fpontanées ou procurées par les infufions chaudes de fleurs de fureau, ont accéléré cette defquammation, & borné la durée des taches pour-prées.

Les phénomenes relatifs à l'engor-gement des parties internes de la gorge, & principalement l'inflammation des amigdales étoient bientôt portés au plus haut dégré d'intenfité, chez ceux qui attaqués dans le commencement de l'épidémie, ne purent profiter des fe-cours qu'on porta aux habitans de Moivron. La gangréne de ces parties s'annonçoit le troifiéme & quatriéme jour par une puanteur intolérable; la langue qui avoit été blanchâtre dans les premiers momens de l'invafion de la maladie, bruniffoit vers fa bafe; le pouls auparavant dur & vif, perdoit ces deux caractères, & devenoit inégal & inter-mittent; des anxiétés, un délire actif fuccédoient à l'affoupiffement & au dé-lire obfcur primitifs; la mort qui fui-voit étoit toujours accompagnée de mouvemens convulfifs qui rendoient af-

freux

freux le spectacle de l'agonie des victimes de cette maladie. Un jeune homme
de seize ans & une fille de vingt,
furent pris à cette époque d'une hémorragie considérable par le nez & la
bouche, qui termina leur vie & leurs
souffrances.

L'Esquinancie gangréneuse pétéchiale
dont je viens de tracer l'histoire, n'a
pas été connue d'Hippocrate. On croi-
roit sans fondement qu'il en a parlé
sous le nom de *fauces exulceratæ cum
febre* (b), le caractere épidémique de la
maladie, la nature de la fiévre conco-
mitante, la terminaison des tumeurs
par la gangréne, n'auroient pas échappé
à l'attention scrupuleuse du divin Vieillard, j'ai même cherché vainement dans
le chapitre qui m'a fourni ce texte, les
phénoménes qui avoient pu déterminer
l'illustre M. de Sauvages, à douter si
une des angines qui y sont décrites,
n'étoit point l'Esquinancie maligne dont
il a fait une espéce dans la classe des

(b) *Prognosticon, cap. xv.*

B

phlegmasies parenchimateuses (*c*).

Aretée (*d*) a décrit sous le nom d'ulceres égyptiens & syriaques, une maladie des amigdales qui paroît d'abord avoir une analogie marquée avec l'Esquinancie gangréneuse pétéchiale de Moivron. Il s'exprime ainsi : *In collum etiam phlegmone erumpit atque isti haud ita multis diebus post phelgmone, febribus, fœtore inediáque consumpti intereunt..... quapropter pueri usque ad pubertatem maximè hoc morbo tentantur, præcipuè namque pueri multum frigidum aërem inspirant. Quoniam in his plurimùm caloris inest & ad cibos intemperantes sunt, & varia concupiscunt, & frigidam potant, & excandescentes ac ludentes altiùs vociferantur. Puellis quoque usque ad menstruæ purgationis tempora hæc vitia usitata sunt..... modus verò mortis quàm miserrimus accidit,*

(c) *Nosolog. method. t. 1. pag.* 489. *in-*4°.

(d) *De cauf. & sign. acut. lib. 1. cap.* IX.

dolor quidem acer & calidus qualis in carbunculo, spiritus vitiatus, exhalant enim maximæ putredinis odorem..... immundi adeo sunt ut neque suum ipsorum odorem ferre queant. Mais outre que le titre seul du chapitre, *de tonsillarum ulceribus*, anéantit toute idée de paralléle, & qu'il n'y est aucunement question de la tumeur qui précéde les ulceres, Aretée annonce cette maladie comme endémique aux pays d'où elle a emprunté son nom, & ne joint à la description des symptomes qui lui sont particuliers, aucun trait marqué au coin de la malignité, aucun phénomène participant du caractere pestilentiel que l'on a observé dans l'épidémie de Moivron.

Aëtius semble avoir désigné plus spécialement l'Esquinancie gangreneuse petéchiale par le nom de *tonsillæ pestilentes*, qu'il dit être une maladie dépendante d'une constitution pestilente de l'air (e).

(e) *Tetrabibl. 2. serm. 2. cap. 46.*

Marc-Aurele Severin, célébre Médecin & Profeſſeur à Naples, a donné dans un traité trop peu connnu (*f*), une hiſtoire très-détaillée de l'abcès peſtilentiel & ſuffocant, qui affligea vers le commencement du ſiécle dernier pluſieurs cantons de l'Italie. Toutes les circonſtances de cette épidémie en établiſſent l'analogie avec celle qui a régné à Moivron. On y voit comme dans celle-ci fiévre aigue, affection comateuſe, délire, éruption pourprée, vomiſſemens ſpontanés, éjection de vers. Il rapporte l'hiſtoire de l'épouſe d'un Apothicaire, qui pendant le cours de cette maladie, eut par les narines un écoulement de matieres pituiteuſes, ichoreuſes, ſanguinolentes, même purement ſanguines. Un délire remittent accompagnoit les ſymptomes eſſentiels de la maladie; elle mourut. Une jeune fille qui ſouffroit des angoiſſes & des douleurs inexprimables, & qui entrevoyoit avec plaiſir dans la ſuffocation qui la menaçoit, le terme à ſes ſouf-

(f) *De reconditâ abſceſſuum naturâ.*

frances, fut tout-à-coup foulagée par une hémorragie copieufe par le nez. Le bien que procura cette évacuation que l'on croyoit critique, ne fut pas de durée : elle mourut dans le moment où l'on admiroit cette prétendue reffource inopinée de la nature. Deux adolefcens & un enfant eurent l'intérieur des narines couvert d'aphtes putrides, qui laiffoient fuinter une humeur virulente de la plus déteftable odeur. Les fpeſtateurs croyoient que ces malades évacuoient par le nez la fubftance propre du cerveau. Il remarque que plufieurs de ceux qui avoient été attaqués de cette maladie, & que l'on croyoit convalefcens, furent enlevés par une mort inopinée, trente & quarante jours après la premiere invafion de la maladie. Une langueur confidérable, une foibleffe qui ne fe diffipoit que long-temps après, étoient les fuites du fléau deftructeur. Il adopte pour caractérifer cette maladie le nom de *pædanchone*, qui fignifie affection qui étrangle les enfans.

Les détails qu'ont fournis fur cette maladie M. Serane pere, dans les Mémoires de l'Académie de Montpellier, J. Huxam, dans fa diflertation fur les maux de gorge gangréneux, & M. Marteau, dans le Journal de Médecine, mois de Mars 1756, ont été recueillis par M. de Sauvages, & forment le tableau diagnoftique de l'efpéce d'Efquinancie qu'il nomme gangréneufe (g). Si l'on joint à ces détails ceux que préfente l'hiftoire de l'épidémie analogue de Laufanne, décrite par M. Tiffot, dans fon avis au peuple, page 97 & fuivantes, de la feconde édition, & les obfervations de M. Loify, Médecin à Châllons fur Saone, inférées dans le tome fecond du recueil des obfervations de Médecine des Hôpitaux militaires, on aura l'idée la plus complette de toutes les faces que peut prendre cette maladie, qui depuis foixante ans a parcouru plufieurs royaumes de l'Europe, fans cependant s'être jamais manifeftée avec un appareil auffi

(g) *Nofolog. method. t. i. pag. 489. in-4°.*

'deftructeur, avec un caractere de peftilence auffi évident qu'elle l'a fait dans
l'Efquinancie gangréneufe pétéchiale de
Moivron.

Je paffe aux caufes éloignées auxquelles on peut attribuer cette épidémie. L'évaporation fucceffive de l'humidité de la terre, chargée des miafmes
putrides émanés des débris des animaux
& des végétaux, fut interrompue dans
les mois de Juin, Juillet & Août de
cette année 1777, par les pluies exceffi-
ves & continuelles, & le froid qui
régnerent pendant ces trois mois. Les
chaleurs qui furvinrent dans le mois de
Septembre, & qui durerent jufques
vers la fin d'Octobre, rappellerent cette
évaporation qui fut alors d'autant plus
confidérable, que la terre étoit forte-
ment imprégnée de l'humidité qu'elle
avoit acquife par les pluies des mois
précédens. Les vapeurs qu'éleverent les
chaleurs extraordinaires de l'automne,
chargées des molécules putrides animales & végétales accumulées dans le
fein de la terre par le défaut d'évapo-

ration fucceſſive qui s'en fait réguliére-
ment tous les étés, contracterent par ce
retard un caractere de putridité, de
malignité, de peſtilence, particulier à
cette année (*h*) : les cadavres de quan-
tités de chevaux non-enterrés, & ré-
pandus çà & là dans les environs du
village, augmenterent les cauſes d'infection, & concoururent à développer
le germe deſtructeur de l'épidémie.

La ſituation du village de Moivron,
contribua à retenir dans la caiſſe que
lui forment les côteaux qui l'environ-
nent, les vapeurs malignes dont il étoit
infecté (*i*). Le vent d'eſt qui ſouffla peu

(*h*) La chaleur & l'humidité enſemble
produiſent la putréfaction. *Arbuthnot.* Eſſat
ſur les effets de l'air ſur le corps humain, p. 149.

Sin verò (*æſtas*) *pluvioſa, diuturni
(morbi) ſunt, phagedænaſque ex quavis
causa in ulceribus ſuboriri eſt conſentaneum.
Hippocrat. de aere, aquis & locis, cap. 11.*

(i) *Siria quoque, maximè quæ cœle, id
eſt, cava nominatur, hujuſmodi morbos pro-
creat, Aretæus de cauſ, & ſign. acut. lib. 1.
cap. IX.*

L'air retient long-temps ſes qualités

dans les mois de Septembre & d'Octobre, & qui seul a une action immédiate sur ce village, limité lui-même
dans cette même action par les côteaux
placés à l'ouest, ne put dissiper ces exhalaisons nuisibles. Les vents du sud,
du nord, & principalement de l'ouest,
loin de faciliter la dissipation de ces
mêmes exhalaisons, ont dû s'y opposer
en foulant, si je puis m'exprimer ainsi,
les colonnes vaporeuses dont la densité
empêchoit encore l'évaporation.

M. Mariotte donne dans son traité
du mouvement des eaux & des autres
corps fluides (*k*), les régles des chan-
gemens de direction des vents contra-
riés par des obstacles, & de la force de
tourbillon qu'ils acquièrent par la rencontre des corps qui forment ces mêmes obstacles; force qu'ils exercent sur

locales dans les mines, les grottes, les fossés,
& plus long-temps dans les vallées que sur
la cime des montagnes. *Arbuthnot.* Essai
des effets de l'air sur le corps humain, pag. 86.
(*k*) Premiere partie, troisiéme discours de
l'origine & des causes des vents.

les colonnes d'air qui leur font inférieures, avec affez d'énergie pour en
opérer la condenfation.

Il réfulte de ces régles, que les vents,
communiquant leur mouvement turbiné
à l'athmofphere putride du vallon de
Moivron, ont dû néceffairement augmenter l'influence maligne de cette
athmofphére, en augmentant la vîteffe
du mouvement de l'air. En fuppofant
même, contre l'opinion bien fondée de M.
Mariotte, que les vents n'exercent aucune action fur les colonnes inférieures
d'air placées en - delà de l'obftacle qu'ils
rencontrent, la ftagnation de ce fluide
le rendant fufceptible de putréfaction,
lors même qu'il n'eft imprégné que des
miafmes provenans de l'accumulation
d'animaux fains (*l*); à quel dégré de

(*l*) Deux mille neuf cent quatre hommes
placés dans l'étendue d'un arpent de terre, y
formeroient de leur propre tranfpiration, dans
trente-quatre jours, une athmofphere d'envi-
ron foixante-quatorze pieds de haut, laquelle
n'étant point diffipée par les vents, devien-
droit peftilentielle dans un moment. *Arbuthnot.*

corruption cette immobilité ne porte-roit-elle pas un air déja putride?

Les enfans, les adolescens, les femmes d'une constitution délicate, dûrent être particuliérement en proye aux influences des exhalaisons putrides par la finesse des tégumens. Ces premiers, indépendamment de cette raison, furent d'autant plus exposés á l'action de ces mêmes exhalaisons, que condensées & rapprochées de la surface de la terre par leur propre poids & l'action des vents, elles se trouvoient plus à leur portée, & plus disposées à s'insinuer dans l'économie animale par la voie de l'inspiration pulmonaire & les pores inhalans.

Aretée attribue aux boissons âcres (*m*) de quelques parties de l'Egypte, la faculté

Essai sur les effets de l'air sur le corps humain, pag. 22. 23.

(m) *Regio Ægypti horum affectum fœcunda est.... sibi verò Ægyptii ex hordeo, & ex floribus seu vinaceis potiones acres conficiunt. Aretæus de cauf. & sign. acut. lib. 1. cap. IX.*

de concourir avec les qualités de l'air, & la conftitution particuliere des individus, à la génération des ulceres endémiques qui attaquent les parties internes de la gorge, & principalement les amigdales. Quelque porté que l'on foit à admettre l'influence de cette caufe dans l'épidémie de Moivron, qui s'eft manifeftée à la fin des vendanges, quelque poids que donne à cette opinion la qualité des vins de cette année, faits pour la plûpart de raifins frappés de la gelée avant leur maturité, & d'autant plus âcres, que cette même gelée a concentré leurs principes, les conféquences que l'on voudroit tirer de ces préjugés, tombent par la confidération des fujets qui ont été plus particuliérement attaqués de l'Efquinancie gangréneufe pétéchiale. Les enfans, les jeunes filles boivent peu de vin, & ont éprouvé, exclufivement aux hommes faits, les atteintes de l'épidémie qui auroit principalement porté fur ceux-ci, en fuppofant que l'ufage des vins nouveaux ait aggravé les caufes qui l'ont produite.

Cette même considération m'engage à croire que les adultes ont trouvé dans l'usage du vin, un défensif contre l'influence des miasmes putrides, qui n'ont pu développer leur énergie sur les parties internes de la bouche, qui foibles, spongieuses, sans défense chez les enfans & les jeunes filles abstêmes, ont éprouvé l'action libre de ces mêmes miasmes.

Examinons maintenant les effets immédiats & nécessaires des causes éloignées auxquelles je rapporte l'épidémie de Moivron. Ils dérivent tous du désordre produit par le contact d'un air dense, humide, méphytique sur les tégumens, & sur les organes qui donnent à ce fluide l'entrée dans l'intérieur de l'économie animale. La suppression de la matiere de la transpiration par la densité & l'humidité de l'air *ambiant*, l'impression âcre de cet air méphytique sur la langue, les amigdales, l'ésophage, la trachée artere, les poumons même, suffisent pour expliquer les différens phénomenes qu'a présenté l'Esquinancie

gangréneuſe pétéchiale. La langue, &
les amigdales douées d'un tiſſu lâche
& ſpongieux, abreuvées continuellement
par le ſuc ſalivaire, diſpoſé plus qu'aucune autre humeur à s'imprégner des
principes vénéneux avec leſquels il eſt
en contact (*n*); ces parties, dis-je, ont
dû les premieres éprouver l'influence
des miaſmes putrides. Leur organiſation
& la nature du ſuc qui les huméſte, en
ont rendu l'impreſſion plus durable,
plus deſtructive. Delà les ſymptomes
d'engorgement & d'irritation primitifs
& ſecondaires ci-deſſus détaillés (*o*).

Le mélange de cet air vitié avec la
maſſe alimentaire par l'interméde de la
ſalive, le ſuintement même ſpontané
de cette humeur infectée, ont néceſ-
ſairement altéré la nature des ſucs gaſ-
triques, bilieux & pancréatique, &
donné naiſſance à la putridité qui a

(*n*) Le virus ſyphilitique, hydrophobi-
que, le vénin de la vipere, ſont des preuves
de la propenſion de la ſalive à propager l'action
des molécules vénéneuſes.

(*o*) Pag. 12. & 13.

accompagné les symptomes essentiels d'engorgement, putridité qu'a augmenté encore la suppression de la matiere de l'insensible transpiration.

La partie la plus subtile du fluide méphytique, portée par les narines sur la membrane pituitaire & ses prolonge-mens, introduite par la respiration dans l'intérieur des poumons, & delà par la circulation, peut-être même par inhalation dans la substance du cœur, a dû produire les symptomes d'affaissement, de suffocation des forces vitales, les anxiétés; enfin tous les phénomenes qui caractérisent la malignité.

L'action de l'air méphytique sur le *sensorium commune*, par la communication de la membrane pituitaire avec la dure mere & les nerfs olfactifs, son influence sur les forces vitales, font suffisamment démontrées par la propriété qu'ont les liqueurs spiritueuses & les sels volatils inspirés par le nez, de rétablir le mouvement oscillatoire & le cours des liqueurs affoiblis dans les syncopes. Les écoulemens critiques du nez, des oreilles & des yeux, ont été produits par le dégorgement des follicules muqueux qui s'ouvrent sur la surface de la membrane pituitaire, dégorgement dont les produits ont été portés dans ces différens organes par les prolongemens de cette membrane dans le canal nazal & dans la trompe d'Euftache.

Je hafarderai fur la caufe prochaine des fymptomes peftilentiels de l'épidémie de Moivron, des conjectures que je foumets au fentiment des Maîtres de l'art.

Les faignées faites aux différentes époques de cette maladie, & aux individus qui en étoient le plus gravement attaqués, ont conftamment fourni un fang pur, vermeil, & qui ne différoit des qualités du fang des perfonnes faines que par un dégré de confiftance qui lui étoit particulier. Ce phénomene me conduifoit naturellement à chercher ailleurs que dans l'infection du fang proprement dit, la dégénération qui occafionnoit les phlictenes gangréneufes, la lividité & la prompte infection

des

des cadavres, particulieres à l'Esquinancie gangréneuse pétéchiale.

L'altération de la limphe, ce subter-
fuge de l'ignorance, ce mot substitué
par l'incapacité, à des causes évidentes
pour le vrai Médecin, s'offroit à mon
imagination sans la séduire ; la dépravation des esprits animaux, admise pendant
long-temps comme seule cause prochaine des maladies pestilentielles, la
contentoit encore moins. Je crus entrevoir dans le tissu muqueux, dans
l'organe cellulaire, le théatre des désordres qui se manifestoient à l'extérieur
dans l'épidémie de Moivron.

Les miasmes putrides, nécessairement
en contact avec les parties internes de
la bouche, & se mêlant avec la salive,
par les loix de l'analogie qui existe
entre l'air extérieur, & celui que con-
tient en grande quantité cette liqueur,
exercent leur action sur ces parties en
les pénétrant, & s'insinuant dans leur
substance spongieuse.

Le tissu cellulaire qui accompagne
les organes placés dans l'intérieur de la

C

bouche, ne peut éviter l'impreſſion des molécules méphytiques ; les vapeurs aqueuſes dont il eſt inondé, ſe chargent avec avidité de ces molécules, qui ſont diſtribuées dans toute l'habitude du corps, par la communication des cellules. La putridité que contracte bientôt la roſée cellulaire, ſe communique au ſuc adipeux : le dégré d'acrimonie que contractent les graiſſes, dégré bien ſupérieur à celui que préſente la putréfaction des autres ſucs animaux & végétaux, doit produire les plus grands déſordres dans le tiſſu muqueux & les parties qui l'avoiſinent. La force centrifuge, cette loi conſervatrice, ce mouvement par lequel la nature tend à expulſer à la ſurface du corps, les parties nuiſibles qui dérangent l'économie animale, détermine la ſortie des éruptions cutanées, des phlictenes gangréneuſes. La ceſſation de ces efforts ſalutaires, par l'extinction du mobile vital, amene enfin la lividité, l'infection précipitée des cadavres.

Telle eſt l'hypothéſe que je ſubſtitue

à ces fyftêmes de peftilence introduits dans la médecine dès fon enfance, & adoptés par cette nonchalance qui s'eft toujours oppofée aux progrès de l'art; trop heureux, fi l'idée que j'ai préfentée, devenoit un jour le germe fécond d'une doctrine fatisfaifante fur les caufes prochaines des phénoménes peftilentiels.

Prévenir l'engorgement qui menaçoit les amigdales & les parties voifines, en opérer la réfolution lorfqu'il étoit formé, déterger les ulceres lorfqu'il fe terminoit par fuppuration, s'oppofer aux progrès de la gangréne, lorfque la nature & l'art avoient vainement tenté ces deux premieres voies de guérifon; telles étoient les indications que préfentoit le groupe des fymptomes dépendans de l'irritation locale produite par les miafmes putrides.

Enlever les produits de la putridité, la combattre par les antifeptiques, lorf-que ces remédes n'étoient point contr'in-diqués par l'érétifme, ou l'indication plus urgente d'évacuer, rétablir par les

C 2

infusions diaphorétiques l'infensible tranfpiration, provoquer même des fueurs
par leur ufage, lorfque cette évacuation paroiffoit être le vœu de la nature,
vœu qu'elle exprimoit par la molleffe
de la peau, & la foupleffe du pouls;
tel étoit le plan de traitement que
traçoit la marche des fymptomes dépendans de la caufe putride.

Enerver enfin, autant qu'il eft pof-
fible, l'action des miafmes méphytiques,
en rendre par une cure prophylactique
les influences moins générales, moins
deftructives, étoient les indications cu-
ratives, relatives aux phénoménes de
malignité & de peftilence.

Une faignée, très-rarement deux,
de fix onces aux adultes, de trois ou
quatre onces aux enfans, un vomitif
doux, un véficatoire appliqué à la nuque, lorfque ces premiers fecours n'a-
voient point diminué l'engorgement, les
cataplafmes anodins, réfolutifs, les gar-
garifmes déterfifs, antifeptiques, rem-
pliffoient les indications du premier
ordre.

Les vomitifs, les lavemens fimples, ou rendus purgatifs par le catholicum double, lorfque la dureté & la vivacité du pouls mettoient obftacle à l'emploi des purgatifs ; les minoratifs, lorfque la rémiffion des fymptomes, & princi-palement la molleffe du pouls en per-mettoient l'ufage, les anti-vermineux, l'in-fufion chaude de fleurs de fureau fim-ple, ou acidulée par le mélange de l'oxi-mel, la potion antifeptique ci-deffous formulée, étoient les remédes appro-priés au plan de traitement relatif à la caufe putride.

Les réfines que l'on brûloit dans toutes les maifons du Village, matin & foir, la précaution d'indiquer un la-voir féparé, où l'on nettoyoit les linges des malades, les évacuans adminiftrés à tous ceux qui avoient évité les attein-tes de l'épidémie, une diftribution de vinaigre, dont les habitans fains & convalefcens mêloient quelques gouttes à leur boiffon ; tels furent les moyens victorieux que l'on oppofa à l'énergie & à l'extenfion du principe peftilentiel.

La distance des Villes les plus voisines, la commodité du service, & mon goût pour la simplicité des moyens curatifs, les bornerent aux formules suivantes.

Eau stibiée.

Faites dissoudre dans une pinte d'eau (mesure de Paris) quatre grains de tartre stibié. La dose est depuis deux jusqu'à quatre onces, quatre, cinq & six fois, à un quart d'heure d'intervalle.

Potion minorative.

Faites bouillir pendant un quart d'heure, dans quatre pintes d'eau, une demi-livre de senné mondé, & deux onces de sel d'Epsom. Vers la fin de l'ébullition, faites fondre trois livres de manne ; passez le tout. La dose est depuis deux onces, jusqu'à quatre.

Potion vermifuge.

Faites bouillir pendant un quart d'heure dans trois pintes d'eau, deux onces de semen - contra, passez la dé-coction ; ajoutez-y une once de théria-que, & une chopine de potion antisep-tique. La dose est depuis deux, jus-qu'à quatre onces.

Potion antiseptique.

Faites bouillir pendant une demi-heure dans deux pintes d'infusion de fleurs de sureau, deux onces de quinquina en poudre ; passez la décoction, faites-y fondre un quarteron de miel de Narbonne, & deux onces de thériaque. Laissez réfroidir le tout, & ajoutez-y une pinte de vin rouge, & une once d'élixir de propriété. La dose est depuis une demi-once, jusqu'à une once, quatre fois le jour.

Infusion de fleurs de sureau avec l'oximel.

Délayez dans douze pintes d'infusion de fleurs de sureau, une chopine d'oximel, fait avec deux parties de vinaigre, & une partie de miel cuites ensemble pendant une heure. La dose est depuis deux onces, jusqu'à quatre, quatre fois le jour.

Gargarisme détersif & antiseptique.

Faites une décoction de feuilles de ronces, passez-la, ajoutez-y pareille quantité d'infusion de fleurs de sureau avec l'oximel.

La nature ne s'affujettiffant pas toujours à une marche, & à une fucceffion conftantes des fymptomes effentiels des maladies, j'ai choifi dans les obfervations que l'on m'a fournies, & que j'ai faites moi-même dans l'Efquinancie gangréneufe pétéchiale de Moivron, quelques faits particuliers plus propres qu'un diagnoftic général, à faire connoître les différentes faces fous lefquelles s'eft préfentée cette épidémie.

Premiere obfervation.

Claude Fourez, âgé de feize ans., reçut le 8 Octobre en jouant, un coup dans les tefticules. Il rentra chez lui fe plaignant d'une douleur très-vive dans ces parties. Le lendemain, il reffentit une-impreffion vive de chaleur à la gorge, bientôt fuivie de douleurs lancinantes. La fiévre s'alluma, le vifage s'enflamma, les yeux très-ardens paroiffoient fortir des orbites; le 10, la tête s'embarraffa, le malade étoit dans un affoupiffement dont rien ne le tiroit. Il parut le foir une éruption de taches pourprées fur la poitrine & les bras. Le rr, les cuisses se couvrirent d'autres taches d'un demi-pouce de diametre, bleues & noires; il lui survint une hémorragie qu'on ne put arrêter. Il mourut le même jour, troisiéme de la maladie.

La correspondance qui existe d'une maniere marquée entre les parties de la génération & la gorge, correspondance suffisamment établie par le changement qui arrive dans la voix à l'époque de la puberté, le caractere de celle des eunuques, & l'ulcération des amigdales & des parties voisines, si commune dans l'infection syphilitique, donne lieu de croire que la percussion des testicules a été dans le sujet de cette observation, une cause déterminante de l'Esquinancie gangréneuse, dont le principe existant déja dans l'air, n'avoit cependant pas assez d'énergie pour développer cette maladie, qui ne s'est manifestée, sur les autres individus, que trois semaines après la mort de Claude Fourez.

Deuxiéme observation.

Marie Brunel, âgée de vingt ans, fut

attaquée le 1er. Novembre, d'une douleur aigue à la gorge. Le gonflement des
amigdales fuivit, la refpiration & la déglutition devinrent très-gênées. Le 3, la
fiévre qui jufques-là n'avoit été que
très-légére, augmenta, l'affoupiffement
& le délire l'accompagnerent, l'éruption
pétéchiale fe manifefta le 5. L'engorgement des parties de la gorge devint
plus confidérable, la langue à cette
époque fe couvrit d'aphtes, les dents &
les lévres fe noircirent. Le 8, les douleurs de la gorge parurent fe calmer,
la malade avaloit plus librement; une
efcarre gangréneufe fe montra à l'hypo-
condre droit, une hémorragie très-forte
par le nez & la bouche furvint le 10,
elle mourut le 12.

Troifiéme obfervation.

Claude Quenel, âgé de feize ans,
fils d'un Laboureur, fut pris le 7 Novembre d'une douleur vive à la gorge
avec une fenfation d'étrang'ement. Les
taches pourprées parurent le même jour,
un mal de tête violent, l'affoupiffement,
le délire les accompagnerent, le 8, la

langue devint noire vers fa bafe, l'intérieur de la bouche fe couvrit de
phlictenes, dont le fonds étoit livide,
il mourut le 9, troifiéme jour de la maladie.

Quatriéme obfervation.

Louis Querrel, âgé de treize ans,
frere du précédent malade, fut attaqué
le 13 Novembre des mêmes fymptomes. Il rendit de plus par les vomiffemens, plufieurs vers vivans. Il mourut
le 16, quatriéme de la maladie (*p*).

Cinquiéme obfervation.

Francifque Colas, âgé de dix ans,
reffentit le 6 Novembre les premieres
atteintes de l'Efquinancie épidémique :
elle s'annonça par une fiévre ardente,
l'enflure du vifage, la rougeur des yeux,
la tenfion du cou, une douleur vive
aux parties internes de la gorge, & un
mal de tête violent. Les taches pourprées
fortirent le 8. Le 10, il furvint une
diarrhée & des vomiffemens d'une ma-

(*p*) Je n'ai pu me procurer de détails plus
circonftanciés fur ces quatre malades, morts
avant mon arrivée à Moivron.

tiere verdâtre, & de vers. Le 12, l'enflure des amigdales augmenta au point
que le malade ne pouvoit avaler une
cuillerée de boiſſon, qui ſortoit par les
narines. Les taches pourprées diſpa-
rurent le 13. Les ſymptomes d'engorgement ſubſiſtoient toujours, l'aſſou-
piſſement, un délire obſcur les accompagnoient ; tel étoit ſon état à mon
arrivée. Je trouvai le pouls dur, concentré & inégal, la peau ſéche & farineuſe, la déglutition & la reſpiration
gênées, la langue blanchâtre & couverte
d'aphtes, cinq taches livides ſur la poitrine d'un quart de pouce de diametre.
Je fis ſur le champ appliquer un large
véſicatoire à la nuque, je preſcrivis
l'infuſion chaude de fleurs de ſureau
avec l'oxymel, à la doſe de quatre onces
quatre fois par jour, une cuillerée de
potion antiſeptique toutes les deux heures, & l'infuſion ſimple de ſureau tiéde
pour boiſſon. Il s'établit dans la nuit
du 14 au 15 une ſueur conſidérable
qui débarraſſa la tête, les urines juſques-
là ſupprimées, coulerent en abondance,

elles étoient jaunâtres & d'une fœtidité insupportable. Le lendemain, la douleur & l'enflure des amigdales étoient considérablement diminuées, le pouls se releva & fut plus égal; les véficatoires procurerent une ample évacuation de férofité, fuivie d'un pus infect : des naufées m'engagerent à donner au malade le 16, onziéme de la maladie, une eau ftibiée qui procura une copieuse excrétion de matieres bilieufes & de vers. Le même jour il s'établit par le nez, les yeux & les oreilles, un fuintement d'une matiere ichoreufe, âcre, & qui excorioit les parties qu'elle touchoit. Elle se foutint pendant le refte du mois. Le malade continua l'ufage des boiffons & de la potion; il fut purgé les 18, 20 & 22 avec le minoratif. Il étoit le premier Décembre en pleine convalefcence.

Sixiéme obfervation.

Théréfe Perin, âgée de vingt ans, fut faifie tout-à-coup le 17 Novembre, d'une douleur aigue à la partie antérieure de la gorge; cette douleur s'étendit &

occupa bientôt l'intérieur de la bouche ;
la fièvre fut caractérisée dès les premiers
momens par la fréquence, la dureté &
l'inégalité du pouls. Le visage étoit très-
enflammé, l'œil très-ardent & humecté
de larmes, la peau séche & brûlante.
L'éruption pétéchiale se fit le 20, quatriéme de la maladie, les taches étoient
violettes : cette éruption loin de diminuer la violence des symptomes, les
porta au plus haut dégré. C'est dans cet
état que je vis la malade ; les amigdales
étoient très-enflammées & se touchoient,
elle respiroit à peine, & ne pouvoit
avaler, elle tomboit à chaque instant
dans un sommeil profond & interrompu
par un délire obscur. Je lui fis appliquer
sur le champ un vésicatoire à la nuque,
la respiration & la déglutition se firent
avec plus de facilité six heures après
l'application de l'épipastique qui fournit
beaucoup de sérosité. Le pouls devint
souple, égal : l'assoupissement & le délire
céderent le 22, sixiéme de la maladie.
Les taches pétéchiales se dessécherent
le 23, la peau devint farineuse & se

sépara le lendemain en écailles assez grandes. Le 22, la molesse du pouls, la facilité de la déglutition, l'état de la langue & la fœtidité de l'haleine, me déterminerent à donner à la malade une eau stibiée qui fit évacuer beaucoup de bile verte, & plusieurs vers, tant par la bouche que par le fondement. Je soutins les forces le soir même par la potion antiseptique, qu'elle continua le lendemain, & à laquelle je joignis les infusions simple & composée de sureau. Le huitiéme jour de la maladie, je purgeai avec le minoratif qui fut répété trois fois, à un jour d'intervalle.

Septiéme observation.

Françoise Gury, âgée de dix-sept ans, fut attaquée le 19 Novembre, d'une douleur vive aux parties latérales de la gorge. Le pouls fut dès les premiers momens dur, vif & plein, la malade ne pouvoit avaler sa salive, la respiration étoit difficile, stertoreuse, la chaleur de la peau étoit âcre, le visage & les yeux étoient très-enflammés. Je commençai par une saignée de six onces, je fis

appliquer immédiatement après un ca-
taplasme de mie de pain & de lait. Le
ventre étoit tendu & serré, j'employai
les fomentations émollientes & les lavemens purgatifs. Le 20, les taches pourprées se manifesterent à la poitrine &
aux bras, la malade balbutioit, elle
tomba dans un assoupissement coupé de
temps en temps par un délire obscur.
Le pouls ne changeoit point de caractere. Je prescrivis une saignée au pied,
& un vésicatoire à la nuque. Le pouls
perdit sa dureté immédiatement après
la saignée, le lendemain 21, troisiéme
jour de la maladie, la respiration devint
plus aisée; mais la difficulté de la déglutition, l'assoupissement & le délire
subsistoient toujours. Je fis saupoudrer
les emplâtres le soir. Le 22, la peau me
parut plus souple, moins séche, je prescrivis l'infusion chaude de fleurs de
sureau pour boisson, & l'infusion avec
l'oximel, quatre fois par jour. Une sueur
abondante fit dissiper les symptomes
d'engorgement de la tête, la tumeur
des amigdales diminua sensiblement, le

pouls

pouls devint petit, mais égal, je le ranimai par la potion antiseptique : les minoratifs répétés, ont achevé cette guérison.

Huitiéme observation.

Françoise Perin, âgée de dix-sept ans, ayant passé la nuit près de la malade qui est le sujet de l'observation précédente, fut tout-à-coup saisie d'une douleur violente à la gorge, & d'une fiévre aigue avec rougeur & enflure de la face. Je lui prescrivis une saignée de six onces qui calma la violence de la fiévre ; mais parut avoir augmenté la douleur de la gorge. Je lui fis appliquer sur le champ un vésicatoire à la nuque. Six heures après l'application de l'emplâtre, la douleur se porta à la plevre & aux muscles intercostaux, & produisit un point qui occasionnoit des douleurs vives & continuelles à la malade. La respiration étoit anhélante, l'oppression considérable. La malade étoit constipée & tourmentée de nausées. Les lavemens purgatifs procurerent des évacuations copieuses & fœtides.

D

Je fis appliquer une seconde emplâtre
sur le côté, la douleur céda, l'éruption
pétéchiale qui avoit paru le premier
jour de l'invasion, & qui s'étoit évanouie
la même nuit, reparut le quatriéme
jour, mêlée de quelques puftules miliai-
res. La respiration acquit de la facilité,
je faisis l'indication des naufées toujours
fubfiftantes, pour adminiftrer une eau
ftibiée qui eût le plus grand fuccès. Le
cinquiéme jour de la maladie la malade
fut purgée avec le minoratif qu'on réitéra
trois fois. La potion antifeptique & les
infufions diaphorétiques furent employées
felon l'indication tirée de l'état du pouls
& de la peau.

ESSAI

*Sur les affections vaporeuses,
lu dans la Séance publique de
la Société royale des Sciences
& Arts de Metz, de l'année
1775. Par M. READ. D.M.*

TOUTES les sciences ont leur
chimere. Plusieurs d'entr'elles doivent à cet être de raison, des découver-
tes utiles, des vérités fondamentales.

Les Mathématiques, la Méchanique,
la Chymie, se sont enrichies des travaux de l'erreur qui poursuivoit la qua-
drature du cercle, le mouvement per-
pétuel, la pierre philosophale. Seroit-il
réservé à la Médecine seule, de n'avoir
pu extraire du sein de ses erreurs, le
fondement d'une saine doctrine ?

Les avantages d'un systême général
sur l'origine des maladies ont été recon-

D 2

nus de tout temps; la solution de ce problême conduisoit infailliblement à une pratique exempte d'erreurs; laissoit même entrevoir la perspective d'un reméde universel. L'expérience a constamment anéanti sur cet objet les hypothéses des novateurs.

Je ne comprends point sous le nom de systêmes, ces doctrines absurdes dictées par un intérêt sordide, adoptées par l'ignorance & la crédulité, enfantées pour étayer des poudres, des élixirs, des gouttes; doctrines qui ont occasionné quelques fortunes, & des millions de catastrophes.

Thémison, auteur de la secte des Méthodistes, entreprit de détruire la médecine dogmatique, établie par Hippocrate sur les ruines de l'empirisme.

Convaincu que la connoissance des causes éloignées des maladies, est plus du ressort de l'hygiene, & de la prophylactique, que de la pathologie & de la thérapeutique, il crut simplifier & perfectionner l'art de guérir en bornant la théorie, à la connoissance des causes prochaines.

Frappé en même temps de la supé-
riorité de masse & d'action des solides
sur les fluides, n'envisageant les vices de
ces derniers que comme des effets d'un
excès, ou d'un défaut d'énergie des premiers, il n'établit que trois genres de
maladie ; la tension , sous le nom de
strictum ; l'atonie, sous celui de *laxum ;*
& un genre mixte portant complication
des deux autres..

Les relâchans, les toniques , la com-
binaison de ces contraires, étoient les
moyens thérapeutiques qu'il approprioit
aux indications que lui présentoient ces
trois genres de maladies.

Ce systême, enfanté par une manie
qui s'est renouvellée de nos jours, par
la fureur de classer, de resserrer la di-
dactique des sciences, d'en vouloir assu-
jettir les parties à la fausse régle d'une
imagination concentrée , ce systême,
dis-je, qu'il falloit fixer à de justes
bornes, ne tint pas même contre la
doctrine des quatre élémens, des quatre
humeurs, des quatre qualités, des quatre
dégrés; en un mot, contre les principes

d'Aristote, adaptés à la Médecine par Galien & ses sectateurs.

Le flambeau de la Chymie introduit dans l'art de guérir, par Paracelse & Vanhelmont, incendia, & ne vivifia point; les systêmes des acides, des alkalis, de la viscosité, présentés par Takenius, Silvius, & les partisans de la philosophie de Descartes, furent détruits dès leur naissance par Bohnius. Cette succession, cette destruction d'hypothése ne rappelloient point la doctrine des solides, & laissoient subsister la médecine humoriste dans tous les droits que lui avoit acquis la durée de son reghe. Il étoit réservé à l'œil pénétrant de la physique, & aux forces actives de la méchanique, de saisir la vérité dans une erreur abandonnée, d'en extraire les principes les plus lumineux, d'établir la puissance des solides regardés comme principes morbifiques, de vanger enfin Themison du ridicule injuste que l'on avoit répandu sur sa doctrine.

L'immortel traité de la fibre motrice & malade, par Baglivi, vint le

premier deffiller les yeux des Médecins qui , trop occupés jufques alors
aux recherches fur les parties fluides
du corps humain, négligeoient d'appro-
fondir la nature des folides. Cet homme
célébre , dont la mort prématurée fixe
encore les regrets du monde médecin ,
pofa les fondemens de la correfpon-
dance des fibres, & de l'équilibre qui
doit régner entre les fluides & les folides pour la perfection de l'économie
animale.

Il fut fecondé par les travaux de
Borelli, qui, calculant géométrique-
ment la force des fibres, porta le plus
grand jour fur l'influence de l'excès ou
de la diminution de leur ton. Bellini
établit la contractibilité des folides , dé-
montra leur prépondérance fur les fluides, & prouva que ces derniers, infé-
rieurs en maffe, en action, avoient moins
de part que les folides aux dérangement de la fanté de l'homme. Pitcarn
affermit la puiffance des folides par le
fyftême de la trituration qu'il employa
pour expliquer le mécanifme de la di-
geftion.

Strom, Cockburn, de Moor, Hoffman, Staahl, Berger, Boerrhave, éta-
blirent leur physiologie sur une doctrine fondée elle-même sur les loix géomé-
triques & méchaniques. Que ne devoit-
on point attendre de l'influence d'une
masse aussi considérable de lumiere? & par
quelle fatalité, les Médecins de nos jours,
se bornant à la prendre pour guide dans
l'explication des phénoménes de l'économie animale en vigueur, ont-ils
négligé de s'en servir pour se diriger
dans les routes ténébreuses de la pratique?

Je ne crains point de le dire, s'il
est dans l'histoire des causes morbifiques,
un systême qui ait droit à l'universalité,
c'est celui des Méthodistes, c'est le
systême qui attribue les principaux désordres du corps humain, à l'excès, ou
au défaut d'énergie des parties solides.

Les maladies aigues par leur appareil destructif, annoncent l'érétisme,
les chroniques, par la lenteur de leur
marche, paroissent tenir plus essentiellement à l'atonie.

Cette cause est particuliérement sensible dans les maladies connues sous les noms de vapeurs, d'affections histériques & hypocondriaques. Quelque opposé que soit ce systême aux idées que se sont formées jusqu'ici les Médecins de la nature de ces maladies, les contradictions qu'il essuyera, ne tiendront point contre les preuves théoriques & pratiques qui l'étayent. Pour présenter à l'esprit une idée claire du caractere des affections vaporeuses, j'ai crû devoir substituer aux dénominations vagues & impropres qu'on leur a donné, celle d'ataxie nerveuse, ou désordre des nerfs.

L'ataxie nerveuse est cet état morbifique, pénodique, chronique accompagné d'une lésion plus ou moins considérable des fonctions vitales, animales, intellectuelles ; caractérisé plus particuliérement par des passions fortes, sans motif déterminant réel, ou suffisant. Cette définition, qui différencie l'ataxie nerveuse de l'apoplexie, de l'épilepsie, de la catalepsie & des autres accidens qui ont avec elle quelque rapport, renferme le délire, la perte de la mémoire, la joie immodérée, la tristesse profonde, l'idée d'un danger imminent, d'une mort prochaine, les syncopes, les affections comateuses, les mouvemens convulsifs, les convulsions & tous les symptomes prétendus hystériques & hypocondriaques.

L'ataxie nerveuse est une de ces maladies qui ont suivi les nuances de la dégénération de l'espece humaine. Inconnue dans le premier âge du monde, elle a dû marcher sur les traces de la formation des sociétés, de l'établissement des religions, de l'invention des arts & des sciences. L'énervation est, pour toutes les espèces animées, la suite nécessaire de la multiplicité des rapports accidentels qui en lient des individus à l'univers. Dominée par des goûts factices, & des loix étrangères à son essence, la nature perd bientôt cette énergie, qui détermine la vigueur des deux principes constitutifs de l'animal.

Je n'entreprendrai point de réfuter les différentes opinions des auteurs sur

la cauſe immédiate de l'ataxie nerveuſe. Si j'établis ſur des fondemens
ſolides le ſyſtême que je préſente, il
détruira ſuffiſamment les hypothéſes antérieures ; ſi je manque mon but, on ne
me reprochera point d'avoir détruit ſans
réédifier. On trouvera l'extrait des principaux ouvrages, ſur la nature & les cauſes des maladies nerveuſes, à la ſuite de la
traduction qu'a donné M. le Begue de
Preſle, Docteur-régent de la Faculté
de Paris, de l'ouvrage de M. Whitt,
ſur cet objet.

L'organiſation des nerfs, l'exiſtence
& la nature du fluide nerveux, étant
les points fondamentaux de mon ſyſtême ſur la cauſe prochaine de l'ataxie
nerveuſe, j'ai cru qu'il étoit néceſſaire
de traiter ſuccintement de ces objets.

Les nerfs ſont des cordons formés
de l'aſſemblage de pluſieurs fils. Chacun
de ces fils conſidéré comme partie ſo-
lide, eſt compoſé de deux ſubſtan-
ces ; l'une, interne, production de la
ſubſtance médullaire ; l'autre, externe,
qui ſert d'enveloppe à la premiere, &

qui est un prolongement de la pie-mere.
Ces fils réunis, sont recouverts dès leur
sortie du crâne, ou du canal de l'épine
par la dure-mere.

L'appareil de vaisseaux qui compo-
sent le cerveau, l'analogie de ce vis-
cere avec ceux qui sont évidemment
destinés à la secrétion d'une humeur,
l'expérience rapportée par Frederic
Hoffman, & répétée par Alexandre
Monro, l'impossibilité d'expliquer, par
la seule vibrabilité des nerfs, les phénomenes des sens & du mouvement, tout
se réunit pour constater l'existence
d'un fluide, contenu, soit dans la substance médullaire des nerfs, ou moins
resserré dans les membranes qui ser-
vent d'enveloppes à cette même substance.

En vain objecteroit-on que l'œil nud,
ou armé, n'a encore découvert aucune
cavité dans les nerfs, & qu'il ne se fait
aucun gonflement entre la ligature d'un
nerf & le cerveau, si ces mêmes rai-
sons ne suffisent pas pour détruire l'existence du suc nutritif dans les végétaux.

On peut voir dans l'expofition anato-
mique des nerfs, par Alexandre Monro,
les réponfes aux objections ultérieures
contre la réalité du fluide nerveux.

L'organifation merveilleufe du cerveau, organe fecrétoire deftiné à la
filtration de ce fluide, la prééminence
des fonctions dont il eft le principal
agent, l'impoffibilité même de le faifir
par le miniftere des fens externes, tout
annonce dans ce même fluide une fub-
tilité, une mobilité, une *œtheréicité* dont
le feu élémentaire & fes modifications
peuvent feuls nous donner l'idée. Je ne
doute point que le fluide nerveux ne
foit conftitué, alimenté par la matiere
électrique : ce principe actif, émanation
du feu folaire, introduit dans l'écono-
nomie animale par la refpiration, les
pores inhalans & les fubftances alimentaires, confondu avec les autres principes élémentaires, dans le chyle, le
fang, eft continuellement féparé de ce
dernier dans le cerveau & le cerveler,
pour fournir aux émanations néceffaires
à l'exercice des fonctions vitales anima-

les. . . . . . . J'allois étendre l'influence de
cette subftance éthérée à des fonctions
plus nobles ; mais une voix refpectable
arrête mon imagination fur le bord du
précipice.

En vain me plairois-je à admirer la
toute-puiffance du Créateur dans un
feul principe qui, différemment mo-
difié, feroit feu aftral, lumiere, matiere électrique, efprit végétal, animal,
fenfitif, rationel. En vain penferois-je
que l'intervalle qui fépare le néant de
l'exiftence, eft plus grand que celui
qui eft entre la fenfation & la penfée ?
En vain trouverois-je dans la modification
la plus parfaite du feu élémentaire, l'in-
deftructibilité fynonime de l'immortalité ;
la Religion excluant pour caufe des
fonctions intellectuelles, tout principe
émané de la matiere, je lui dois le facri-
fice de mes conjectures, de mes doutes,
du délire de mon imagination.

En refferrant dans les bornes des facultés vitales & animales, l'influence du
fluide nerveux, quelle matiere, fi elle
n'eft une émanation du feu aftral, fi

ce n'est la matiere électrique, peut être modifiée au dégré de perfection néces-faire pour actualiser ces mêmes facultés.

D'où peut-on déduire plus naturel-ment le principe de la chaleur ani-male, que de l'introduction continuelle de cette même matiere dans les poul-mons ?

Le feu électrique, renfermé dans les substances alimentaires, ne suffit-il pas pour produire tous les phénoménes de la digestion ?

La préparation du liquide génital, l'éruption des régles, la fécondation, peuvent-ils reconnoître, pour cause effi-ciente, un principe plus analogue à des effets aussi merveilleux que l'action du fluide électrique ?

La diminution de ce fluide pendant la nuit, fournit l'explication la plus natu-relle de l'affaissement qui porte, à cette époque, les animaux à chercher la situa-tion horisontale, qui les détermine au sommeil, qui aggrave enfin les sympto-mes morbifiques, vers le coucher du Soleil. Je reviens à mon objet principal.

Pour conftater évidemment la caufe prochaine de l'ataxie nerveufe, il faut faifir le rapport qui doit lier l'influence des caufes éloignées de cette maladie à l'exiftence de cette caufe prochaine. Une irritation exceffive des folides, toujours fuivie d'un relâchement proportionné au dégré de tenfion qu'ils ont fouffert, des évacuations immodérées de fang, de fluide féminal, d'humeurs même excrémentitielles, une application continuée & forcée aux fciences abftraites, des paffions violentes, une vie fédentaire ; telles font les caufes éloignées les plus ordinaires de la maladie, objet de ce difcours.

Quel doit être le réfultat de l'action de ces caufes? la perte du reffort, l'atonie des folides, l'épaiffiffement, la vifcofité des fluides, l'ataxie nerveufe. On conçoit avec peine, qu'une maladie qui s'annonce avec les phénoménes de la tenfion la plus caractérifée, puiffe être le produit du relâchement des fibres nerveufes. Les mouvemens convulfifs, les convulfions, les palpitations

& les autres symptomes actifs de l'ataxie nerveuse, semblent être évidemment les effets d'un excès de vigueur, de tension dans les solides. Quelques réflexions sur l'organisation & le mécanisme de la fibre animale en général, & des nerfs en particulier, conduiront à la solution de ce problême.

La fibre animale, destinée à être l'organe du sentiment & du mouvement porte dans l'élasticité dont elle est douée, le principe de ses maladies, de sa destruction. Elle n'a cette propriété, qu'à raison de l'extensibilité de ses parties, & d'un principe actif qui tend à les restituer dans la même dimension qu'elles avoient, avant l'action de la cause extensive. Tant que cette faculté d'extension est actualisée par des impressions relatives à la force de l'individu, la fibre animale conserve son ressort ; elle se fortifie même par cette alternation de mouvemens contraires. Si cette même extensibilité est mise à des épreuves disproportionnées à la vigueur de la fibre, le relâchement, la

E

remettant, après chaque extension, au-dessous de son ton ordinaire, la prive peu-à-peu de son élasticité, la fait tomber dans l'atonie absolue.

C'est ce qui arrive aux fibres musculaires & cutanées dans la grossesse & l'hydropisie ascite. On connoît la prodigieuse extension du bas-ventre dans ces deux états, & l'affaissement affreux qui suit souvent l'accouchement, presque toujours l'éduction des eaux des hydropiques par la paracenthèse. Des compressions successives & graduées sont les moyens que le praticien prudent employe pour prévenir les accidens funestes, dont on n'a vu que trop d'exemples.

Ces précautions ne sauvent point les fibres cutanées, des impressions durables du relâchement. L'atonie absolue s'annonce par les rides & les replis de la peau. Le même inconvénient arrive aux vieillards & aux personnes qui ont perdu l'embonpoint. Les fibres nerveuses éprouvent dans les distensions violentes les mêmes désordres ; mais la nature de

leur organisation en rend les consé-
quences plus funestes à l'économie animale ; organes du sentiment & du mouvement, elles portent dans ces facultés
le dérangement qu'elles éprouvent.

Si les nerfs étoient des corps purement solides, si leurs fonctions s'exé-
cutoient par la seule vibrabilité de leurs
parties, mises en action par une impression déterminée, soit dans le *Sensorium commune*, soit par les objets ex-
térieurs, la simple atonie ne produiroit
jamais qu'une inhabileté au mouvement,
une paralisie, & l'on n'observeroit point
dans l'ataxie nerveuse les symptomes
d'irritation qui l'accompagnent.

C'est au cours irrégulier du fluide
nerveux qu'il faut rapporter le désordre
des nerfs privés de leur ressort.

La perfection de l'économie animale
consiste dans le juste équilibre des différentes parties qui entrent dans la com-
position du corps humain. Indépendamment de la proportion d'action que
doivent avoir entr'elles les parties solides, & de la proportion de fluidité qui

doit exifter entre les liquides, les unes font dans une dépendance continuelle de l'état des autres : les folides viciés par crifpation, ou atonie, élaborent plus ou moins les liquides fujets à leur action ; delà les vices de diffolution, d'épaiffiffement, de vifcofité, d'acrimonie. D'un autre côté, les liquides, dont les molécules font trop divifées ou trop rapprochées, ceux qui renferment des parties hétérogénes, ne peuvent impunément circuler dans leurs vaiffeaux. Ils doivent néceffairement en altérer le mécanifme, en augmentant ou diminuant leur mouvement ofcillatoire. Il exifte encore dans les folides une force de réaction fur les fluides qu'ils contiennent, force qui établit évidemment le ridicule de l'application des loix hydrauliques à l'économie animale. C'eft par cette force de réaction que les vaiffeaux deftinés à charier des fluides, s'oppofent aux compreffions latérales, qu'opéreroient ces mêmes fluides, compreffions qui ralentiroient la velocité de leur cours, & feroient infenſiblement croître le diamétre des canaux qui leur donnent paſſage.

Si cette force de réaction eſt affoiblie, abolie dans les nerfs, par l'atonie générale ou particuliere ; ſi le fluide qui y circule, émanation d'une ſource inépuiſable, indeſtructible, inaltérable par ſa nature, ne perd jamais ſon énergie, ſa mobilité, quelle ſera ſon action ſur des filets qui n'apporteront aucune contranitence à ſon impulſion ? Pourroit-on ne pas prévoir les ondulations, les tiraillemens, les mouvemens ſpaſmodiques, les convulſions & tous les ſymptomes bizarres & deſtructifs de l'ataxie nerveuſe ?

A quelle autre cauſe rapporteroit-on les convulſions de l'animal expirant, & celles qui ſuivent les hémorragies violentes ? Je puis citer deux obſervations qui me ſont particulieres, & qui prouvent que les convulſions peuvent être occaſionnées par toute autre cauſe que la tenſion des nerfs. Deux Cavaliers moururent vers le mois de Mai de cette année des effets de l'inſolation. Je leur fis ouvrir la tête, & trouvai dans ces deux sujets la dure-mere dans un tel état de sphacele, que l'on n'en distinguoit que çà & là quelques vestiges. Ces deux malades qui, dans les premiers momens de l'accident dont ils moururent, c'est-à-dire, dans le principe & l'état de l'irritation, de l'inflammation de la dure-mere, n'avoient éprouvé que des douleurs de tête supportables, jointes à un assoupissement continuel, furent assaillis dans les dernieres vingt-quatre heures de leur vie, de convulsions affreuses. Ces mouvemens ne pouvoient être attribués à la tension des nerfs, puisque ces organes n'avoient aucune communication avec leur principe détruit par le sphacele ; circonstance qui devoit produire nécessairement leur relâchement, leur tendance à se rapprocher des seuls points d'appui qui leur restoient dans les muscles.

Il est étonnant que l'ouverture des cadavres, n'ait point défillé les yeux des Médecins opiniâtrés à voir dans les maladies vaporeuses le desséchement, le racorniffement des nerfs. Boerrhave, dans fon traité des maladies de ces parties, dit n'avoir jamais rencontré de nerfs tendus, mais les avoir toujours vu très-lâches. *Nervus*, ce font fes expreffions, *nufpiam tamen tenfus, fed ubique laxus procedit.* Placés entre les mufcles, entourés d'une fubftance graffe, d'un tiffu cellulaire, ils font à l'abri du deffechement, du racorniffement.

Les obfervations anatomiques, faites fur les cadavres des perfonnes mortes à la fuite de l'ataxie nerveufe, ne préfentent aucun dérangement fenfible dans la fubftance des nerfs.

Parcourez les recueils des plus exacts obfervateurs, vous ne verrez par-tout qu'obftruction des veines du méfentere, de la rate, du pancreas, des ovaires, des vaiffeaux fpermatiques, de la matrice; obftructions dépendantes de l'épaiffiffement des liquides; vice fubordonné lui-même à l'action de la caufe principale, à une élaboration imparfaite que reçoivent ces liquides de la part des folides relâchés. Les défordres occafionnés par

l'impulsion non contrebalancée du fluide
nerveux dans des nerfs privés de reffort,
font encore augmentés par les impref-
fions qu'éprouvent à l'extérieur les filets
nerveux épanouis fur la fuperficie du
corps, de la part de la matiere électrique répandue dans l'atmofphère. Le
vent d'Eft, plus chargé que les autres
de cette matiere, aggrave conftamment la fituation des vaporeux.

Delà, tout mouvement qui détermine
vers un ataxique une colonne d'air, peut
devenir l'occafion d'un accès ; delà les
paroxifmes renouvellés par le fon d'une
cloche, l'ouverture d'une porte, l'élévation de la voix. Je connois une Dame
qui, dans des accès d'ataxie nerveufe,
éprouvoit un furcroit d'angoiffe, de tiraillemens, fi quelqu'un l'approchoit de
trop près. Cet effet étoit fi peu occa-
fionné par la prévention, ou la crainte,
que, fermant les yeux, cette malade
reffentoit l'impreffion d'un mouvement
fans bruit que l'on faifoit à douze pas
de fon fauteuil.

Appaifer la violence des fymptomes

dans les paroxismes, corriger les vices des fluides dépendans de l'atonie des folides, rendre à ceux-ci le ton qu'ils ont perdu, telles font les trois indications que préfente le traitement de l'ataxie nerveufe.

Les anti-fpafmodiques tirés du regne animal, & principalement les alkalis volatils mitigés, le mufc, les parégoriques, & entr'autres un mêlange de liqueur minérale anodine, & de laudanum liquide à petites dofes, les pédiluves d'eau froide, les ligatures, les compreffions font les moyens employés avec fuccès dans les paroxifmes violents d'ataxie nerveufe. En fuppofant même que la faignée en diminueroit la véhémence, l'influence de ce fecours fur les forces vitales doit en rendre l'ufage fufpect.

L'épaiffiffement des liquides, les obftructions des vifcères du bas-ventre, feront combattus victorieufement par les plantes chicoracées, les fels neutres, les eaux minérales ferrugineufes. Les bains, au vingt-cinquiéme dégré de chaleur, pourront être employés, en les coupant par des intervalles qui mettent les nerfs à l'abri du relâchement, qui n'est que trop souvent l'effet de ce secours continué jusqu'à l'abus.

On attaquera enfin la cause prochaine de cette maladie, par l'exercice, l'équitation, le bain froid, les préparations de fer, le quinquina, un régime restaurant.

Je finis par une réflexion qui vient à l'appui d'un système qui m'a guidé depuis vingt ans dans la pratique des maladies nerveuses, & que j'ai vu constamment couronné du succès, quand j'ai trouvé dans les malades, la docilité & la constance nécessaires, pour ne point s'en tenir à effleurer la méthode tonique. Peut-on croire que nos Maîtres dans l'art de guérir, se seroient opiniâtrés, depuis l'aurore de la médecine jusqu'à nos jours, à traiter les maladies vaporeuses par les antispasmodiques, s'ils en avoient constamment observé l'inefficacité, des effets funestes, si même ils n'en avoient point obtenu des succès constans.

MÉMOIRE

Sur les Bronchoceles du Pays-meſſin, lu dans la Séance publique de rentrée de la Société royale des Sciences & Arts de Metz, de l'année 1776. Par M. READ, D.M.

PAr une inconféquence d'autant plus étrange, que ſes effets attaquent directement l'intérêt perſonnel, l'homme néglige de s'occuper des objets qui ſont à ſa portée, & dont la connoiſſance eſt intimement liée à la perfection de ſon exiſtence morale & phyſique, pour porter une vue pénible ſur ceux qui, placés dans l'éloignement, & n'ayant avec lui aucun rapport immédiat, devroient lui être indifférens. C'eſt à cet aveuglement que l'on doit rapporter la diſette d'obſervations ſur les maladies épidémiques, dont on ſe plaint avec raiſon depuis long-temps. Quelle matiere a cependant plus de droit à l'attention & aux recherches des Médecins, que ces maladies qui, ſemblables à ces torrens dont rien ne peut arrêter le cours impétueux, ravagent des Provinces entieres, & n'éludent que trop ſouvent les ſecours de l'art.

Dans la vue de remédier à un vice dont les effets ſe renouvellent à chaque invaſion d'épidémie, au détriment de l'humanité, notre auguſte Monarque a établi nouvellement une ſociété de Médecins qu'il a choiſis, & ſpécialement chargés de s'occuper de l'étude & de l'hiſtoire des épidémies connues, de ſe ménager des correſpondances avec les Médecins les plus éclairés des provinces & des pays étrangers, de réunir & comparer leurs obſervations, pour en former, conjointement avec celles qui exiſtent dans les ouvrages de quelques Médecins, un corps complet de doctrine relative aux maladies épidémiques. Après avoir donné l'idée de l'utilité de cet établissement, il suffit de nommer Messieurs de la Saone, premier Médecin du Roi en survivance, chef de la *Société royale & Correspondance de Médecine*, Vicq d'Azyr, premier Correspondant avec les Médecins des provinces & étrangers, Bouvart, Poissonier, Lorry, Malouet, &c. pour s'en promettre les succès les plus décisifs.

La connoissance des maladies endémiques, entrant nécessairement dans le plan d'institution de la Société royale & Correspondance de Médecine, j'ai cru devoir coopérer à ses vues, en m'occupant du Bronchocele très-commun à Metz & dans le Pays-messin. Des recherches multipliées sur les individus attaqués de cette maladie, m'ont convaincu que l'on s'étoit trompé jusqu'ici sur les causes éloignées qui la produisent.

Le Bronchocele, vulgairement nommé gouêtre, grosse-gorge, est cette excroissance des parties antérieures & latérales du cou, qui dépend du gonflement de celles qui font fituées entre la trachée artere & la peau, & princi-palement de l'engorgement des glandes thyroïdiennes.

Cette maladie endémique dans les alpes, les pirénées, & dans quelques autres pays montagneux, a été jufqu'ici attribuée à la mauvaife qualité des eaux, foit de neige, foit viciées par le mêlange d'une terre calcaire, gypfeufe, ou la dif-folution d'une félénite.

Les réflexions fuivantes prouveront évidemment l'infuffifance de cette caufe, affignée comme principe unique de la formation de ces excroiffances.

1°. Si les eaux provenant de la fonte des neiges, ou chargées en cer-taine quantité de ce météore, celles qui charient de la terre calcaire, du gypfe, de la félénite, occafionnoient, exclufi-vement à toute autre caufe, la maladie qui eft l'objet de ce mémoire, ce ne pourroit être qu'autant que les parties nitreufes, calcaires, gypfeufes ou félé-niteufes dont ces eaux font imprégnées, introduites dans la maffe des liquides,

feroient dépofées dans les glandes thyroïdiennes & les parties voifines, pour
y former, par leur accumulation, l'engorgement de ces glandes, & leur accroiffe-
ment morbifique. En fuppofant les
principes dont font chargées les eaux
fufpectes, capables de produire cet engorgement, quoique divifés à l'infini
dans nos humeurs, & affoiblis dans leur
activité par la décompofition qu'ils doivent fouffrir dans ce mêlange ; quels
défordres ces mêmes principes ne pro-
duiroient-ils pas fur les organes qui leur
donnent l'entrée dans le torrent de la
circulation? Plus rapprochés, nullement
dénaturés par leur mixtion avec les
liquides circulans, leur premier effet
feroit l'engorgement des veines lactées
& des glandes du méfentere. Le défaut
de nutrition, l'amaigriffement, le gonflement de ces glandes, feroient au moins
les fymptomes concomitans du Bronchocele, ce qui eft contraire à l'expérience ; l'obftruction des glandes du
méfentere n'accompagnant celle des
glandes du cou que dans le vice fcro-

phuleux, & les gouêtreux ne souffrant en général d'autre dérangement dans leur santé que la gêne que doit nécessairement donner à la respiration, la compreffion faite fur la trachée - artere par une tumeur qui l'environne.

2°. Il eft dans la nature peu d'eaux parfaitement pures; elles reçoivent toutes l'impreffion des neiges : la terre calcaire, le plâtre, la félénite exiftent en plus ou moins grande quantité dans tous les pays. Les analyfes des eaux potables, faites par les Médecins des différens climats, fe réuniffent pour conftater cette vérité. Le Bronchocele devroit être plus général, & fuivre dans les nuances de fon volume, les dégrés de quantité de parties hétérogénes qu'admettroient les eaux. On le voit cependant circonfcrit dans les bornes de certains païs, & l'on n'en voit nulles traces dans des lieux abreuvés d'eaux qui participent de tous les principes nuifibles auxquels on attribue fa formation.

3°. Les remédes que l'on employe avec le plus de fuccès contre le Bronchocele

chocele, sont tirés de la classe des absor-
bans & des stiptiques. Ces premiers, pris
dans les terres insipides, calcaires, devroient, loin de détruire l'engorgement
glanduleux, l'augmenter par le surcroit
de matiere analogue à celle qui forme
l'obstruction. Les stiptiques, en rappro-
chant les parties des fluides, & diminuant le diametre des vaisseaux, s'op-
poseroient à la division de la matiere qui
produit l'embarras glanduleux, & rem-
pliroient, conséquemment mal, l'indication qui en détermine l'usage.

C'est dans le concours de plusieurs
agens, dans l'action successive de plusieurs causes, qu'il faut chercher l'explication de la formation du Bronchocele.

Je diviserai ces causes en dispositives
& déterminantes. La suppression de la
matiere de la transpiration, me paroît
être la cause dispositive générale des
Bronchoceles endémiques de Metz &
de ses environs.

Toutes les circonstances qui facilite-
ront cette suppression, doivent donc,
dans mon système, être regardées comme

F

les caufes éloignées de ces maladies.

Des recherches exactes & multipliées dans tous les quartiers de la Ville, m'ont inftruit que ceux où régne le plus généralement le Bronchocele, dominent par leur élévation tous les autres, & font conféquemment les plus expofés aux influences des vents de nord & d'eft, dont on connoît la puiffance conftrictive & répercuffive. Les quartiers de fainte Croix, de fainte Ségoléne, fourniffent un nombre confidérable de gouêtres qui font très-rares dans les parties baffes de la Ville.

Les eaux de Scy & de Leffy qui abreuvent les endroits les plus élevés de Metz, beaucoup plus chargées de félénite que celles qui proviennent du Sablon, & qui coulent dans les fontaines des quartiers bas, concourent avec les autres caufes à l'explication de cette différence.

Le régime des habitans du Paysmeffin, c'eft-à-dire, de cette claffe de citoyens parmi lefquels régne le plus communément cette maladie, favorife la répercussion de l'humeur de la transpiration.

La chair de cochon, dont la consommation est considérable à Metz & dans les environs, ne procure, de l'aveu de tous les Diététistes, que des sucs grossiers, & nuit à la sécrétion cutanée. C'est cette propriété qui a engagé les Médecins à en restreindre l'usage aux personnes habituées aux exercices les plus violens.

Le point de religion qui interdit l'usage de cette viande aux Juifs, est probablement, de concert avec la situation basse de leur quartier, la cause de la rareté des gouêtres; il n'existe dans tout ce quartier qu'une seule femme qui en soit attaquée.

L'usage journalier des végétaux farineux, & principalement des pommes de terre, doit, en épaississant la masse des liquides, diminuer encore la sécrétion de la matiere de la transpiration. Ces dernieres sont d'autant plus capables de produire cet effet, que, placées dans la classe des *solanum*, elles participent des qualités incraffantes & narcotiques des plantes de ce genre. Ne peut-on pas joindre à ces caufes, les vins du pays des qualités inférieures, dont l'acidité conftrictive eft plus propre à fupprimer les évacuations de la peau qu'à les augmenter, effet ordinaire des vins gé-néreux?

Cherchons maintenant dans les différences effentielles & accidentelles qui fe rencontrent dans les individus les plus particuliérément expofés au Bron-chocele, les circonftances qui doivent augmenter la facilité de la répercuffion de la matiere de la tranfpiration.

Il eft peu d'hommes gouêtreux; une fibre robufte, peu d'humide furabondant, des exercices violens, l'ufage des cols les fauvent probablement des con-geftions lentes produites par la fuppref-fion de l'humeur cutanée.

Les femmes au contraire, douées d'une fibre délicate, peu élaftique, furchargées d'une humidité naturelle, vouées par leurs devoirs à une vie féden-taire, vêtues légérement, le cou, la poitrine à découvert, courent tous les risques des maladies occasionnées par l'impression des qualités de l'air propres à supprimer la matiere de la transpiration, & les abus dans le régime qui concourent, avec ces vices de l'athmosphere, à produire ce même effet.

La constriction des pores de la peau du cou, doit être chez les femmes le premier effet, l'effet nécessaire de l'action des vents de nord & d'est. De cette constriction, résulte essentiellement l'engorgement des glandes cutanées, & successivement celui des thyroïdiennes. Ces dernieres sont d'autant plus exposées à cet engorgement, qu'elles sont remplies d'un suc gras, assez comparable à l'huile exprimée des amandes.

L'obstruction des glandes cutanées & thyroïdiennes, est peut-être, conjointement avec la liberté du cou qui n'est gêné par aucune ligature, la cause de cette grace qui résulte, chez les femmes, de l'embonpoint de cette partie. Un tissu cellulaire plus abreuvé chez elles que chez les hommes, les glandes

thyroïdiennes plus expreſſivement pro-
noncées, & filtrant conſéquemment plus
de ce ſuc deſtiné à lubréfier les parties
voiſines, ſont des différences qui multi-
plient & favoriſent les cauſes d'engorgement de ces glandes.

Si à cette diſpoſition particuliere, ſe
joignent les cauſes qui ont la propriété
de porter l'épaiſſiſſement dans les liquides, & de nuire à la ſécrétion de la
matiere de la tranſpiration, telles que
l'impreſſion habituelle des vents de nord
& d'eſt, l'uſage des alimens incraſſans
& antidiaphorétiques, & des eaux ſélé-
niteuſes, les obſtructions légeres des
glandes prendront de l'accroiſſement, &
formeront des engorgemens différens,
relativement à la conſtitution de l'individu.

Ces engorgemens ſeront ſéreux, dans
un ſujet abreuvé d'une humidité ſu-
perflue, ſarcomateux, dans une fibre
robuſte, venteux, dans un corps ſec,
ſtéatome, méliceris, ſelon la nature de
l'humeur qui occaſionnera la diſtention
des vaiſſeaux glanduleux.

Ces engorgemens seroient en général peu considérables, s'il ne se joignoit, au vice existant, des circonstances propres à en favoriser les progrès. Ce sont ces circonstances que j'ai annoncées sous le nom de causes déterminantes.

Tous les mouvemens volontaires ou involontaires qui peuvent produire le gonflement des muscles du cou, peuvent être regardés comme les causes qui déterminent en général l'accroissement des tumeurs gouêtreuses.

Ces mouvemens doivent nécessairement produire cet effet, par la dilatation des vaisseaux glanduleux engorgés, que produit la compression musculaire, & l'abord d'une plus grande quantité de sang dans ces organes du mouvement en contraction, & dans les parties voisines.

Les glandes thyroïdiennes comprimées par le pannicule charnu, par les muscles sterno-hyoïdiens & sterno-thyroïdiens, souvent même par un muscle propre qui émanant de l'os hyoïde, se porte sur l'isthme qui divise leurs lobes,

ces glandes, dis-je, si riches en vaisseaux sanguins qu'elles en sont absolu-
ment rouges, doivent souffrir une distention particuliere de l'effet répété des
contractions musculaires du cou.

L'observation que m'ont fourni mes
recherches sur les gouêtreuses, que l'invasion la plus ordinaire du Bronchocele
est le moment de l'établissement des
menstrues, vient à l'appui de l'opinion
qui attribue, à la distention des vaisseaux
sanguins des glandes thyroïdiennes, ces
excroissances monstrueuses.

Ainsi les cris violens, l'abus des vomitifs, la pratique des instrumens à
vent, les charges disproportionnées à
la force de l'individu, les convulsions,
les vomissemens des femmes grosses,
les efforts de l'accouchement, devien-
dront, dans un sujet qui aura éprouvé
l'action des causes dispositives, des causes déterminantes du Bronchocele.

Cette maladie, livrée en général aux
recettes des femmes & des empiriques,
a cependant d'autant plus de droits aux
soins des Médecins, qu'indépendamment
qu'elle

qu'elle enleve à un sexe, source de nos délices, l'agrément qui résulte de la proportion des parties, elle gâte la voix, gêne la respiration, affoiblit les facultés intellectuelles par la compression des vaisseaux sanguins, & complique, d'une maniere grave, toutes les affections aigues qui attaquent les organes de la respiration.

Dégorger les glandes, les débarrasser de la matiere qui les distend, rendre aux vaisseaux glanduleux, le ressort qu'ils ont perdu, telles sont les deux indications à remplir dans la cure du Bronchocele.

Les moyens qui peuvent produire le premier effet, sont la saignée, la purgation, l'usage du savon, des plantes savoneuses, les apéritifs minéraux, si l'engorgement est de la nature des stéatomes, des mélicéris ; les sudorifiques s'il est séreux ; les carminatifs s'ils sont flatueux : ces secours seront variés & gradués selon la nature & la quantité de la matiere qui forme l'obstruction.

Pasta recommande dans cette maladie, après la faignée & la purgation, l'ufage du fel de prunelle pris pendant quarante jours, à la dofe de deux fcrupules dans quatre onces d'eau de pluie, l'eau de mer, à la quantité d'un gobelet pendant le même temps (*q*), l'urine humaine, le favon, la Saponaire.

. Les remédes propres à rétablir le ton des vaiffeaux, font la plûpart tirés des ftiptiques : on préférera dans cette claffe, l'éponge marine torréfiée, la noix de galle, l'éponge du kinnorodon, les cônes de cyprès, l'alun. On n'en commencera l'ufage qu'après avoir employée, plus ou moins de temps, les remédes de la premiere claffe. On ne portera la dofe de l'alun qu'à un gros au plus dans la journée, les autres aftringéns, ci-deffus nommés, pourront être pris au double de cette dofe ; l'ufage des eaux ferrugineufes remplira les deux indications.

Dans les deux époques de ce traite-

_____

(*q*) On peut y fubftituer pareille quantité d'eau falée artificiellement ; c'eft-à-dire, contenant une once de fel marin, fur une livre d'eau commune.

ment, on fera fur les glandes engorgées des frictions féches avec une étoffe de laine, on appliquera toutes les nuits un collier rempli de plâtre fin, de fel marin & de fel ammoniac à parties égales; ce collier fera chauffé fur une affiette avant de le placer : on préviendra la formation des gouêtres par ces frictions; on arrêtera les progrès de ceux qui commencent, par l'ufage de ces colliers.

Si les Bronchoceles réfiftent à tous ces moyens thérapeutiques, on peut tenter l'ouverture des tumeurs. J'ai vu pratiquer, fur trois fujets, cette opération avec le plus grand fuccès par feu M. Saget, Chirurgien-major de l'Hôpital militaire de cette Ville.

F I N.

www.ingramcontent.com/pod-product-compliance
Ingram Content Group UK Ltd.
Pitfield, Milton Keynes, MK11 3LW, UK
UKHW022049170726
13837UKWH00002B/864